AF346112

Collection *Devoir de Mémoire*
Directeur de collection : Claude Arz
Lecture-correction : Nicole Chatelier

ISSN de la collection : en cours
Dépôt légal : septembre 2019
ISBN : 978-2-38014-006-4
EAN : 9782380140064
Les photos proviennent de Claude Arz©

Mise en page : Sabrina Pamies

HENRI ARZ

FRONT DE LORIENT
1944 - 1945

(RÉCIT DE GUERRE)

suivi de

CENTRE SIROCO

et

COMMANDO TRÉPEL

Préface

Quand je vivais chez mes parents, j'ai souvent entendu mon père, Henri Arz, évoquer à la table familiale les atrocités de la Seconde Guerre mondiale, qu'il avait vécue dans sa chair.

Front de Lorient est le récit de l'engagement militaire de mon père dans la poche de Lorient, du côté de Nostang, à la fin la Seconde Guerre mondiale ; c'est aussi le récit d'un jeune citoyen qui décida, au nom de la liberté, de combattre par les armes l'occupant allemand.

Un engagement volontaire d'abord dans le bataillon de marche de la Marine nationale en août 1944, motivé par un environnement social et économique très dur. En effet, quand mon père, fils de paysans bretons, l'aîné d'une famille de onze enfants, évoque la situation de la France occupée par les troupes allemandes en 1944, il décrit une vie quotidienne très difficile : *J'ai le souvenir d'une période très dure où les Allemands organisaient une telle pénurie que la lutte pour la vie était devenue notre principale préoccupation quotidienne : la faim, le froid, les journaux sous les vêtements pour se réchauffer, les glands de chêne pour remplacer le café, les dizaines de kilomètres à pied pour un peu de pain et de farine…*

Chasser l'occupant, la formule revient souvent dans son récit car tel était le but de son engagement et celui de tous ses camarades.

Le soldat Henri Arz connut son baptême du feu dans la bataille de Nostang, en octobre 1944, découvrant très vite *la grande salve d'artillerie lourde allemande,* fracas monstrueux d'obus qui tombaient sur sa compagnie, *déluge d'obus, de fer et de feu* qui se fracassaient sur ses lignes. Soumis aux *tirs nourris de mitrailleuses ennemies, les balles sifflant, balayant tout,* son groupe résista à l'offensive allemande.

Dans la poche de Lorient, l'enthousiasme, l'audace du jeune homme prêt à en découdre contre l'ennemi seront vite refroidis par l'*éparpillement macabre d'hommes (des dizaines de morts) gisant les uns à côté des autres sur le sol.* Il sera en effet confronté à des scènes morbides, notamment quand il prendra position pour la première fois du côté de Nostang.

Ce qui m'a frappé, même horrifié, en prenant position, c'était de voir tous les morts qui jonchaient le sol.

Un engagement citoyen aussi contre l'avis de ses parents, inquiets de voir leur aîné partir à la guerre. Rappelons le courage qu'il fallait pour s'enrôler dans la toute jeune armée de Libération, à une époque où la délation auprès de la Gestapo était courante et les divisions, familiales et nationales, fréquentes. Gaulliste il fut, gaulliste il restera. *J'étais poussé inévitablement à la mobilisation pour chasser l'occupant afin d'arrêter les massacres, la barbarie, pour retrouver notre liberté et enfin notre joie de vivre.*

Motivé par le combat pour la liberté, motivé aussi par les menaces de mort quotidiennes et les assassinats qui frappaient la jeunesse. Il cite ainsi avec émotion l'exécution par les Allemands de son ami Jean Lotodé qui, quelques instants avant d'être fusillé, écrit : « *Chers parents et amis, deux ou trois mots pour vous faire savoir que je vais être fusillé aujourd'hui. Ne perdez pas courage.* »

À la sortie de la guerre, mon père prolongera son engagement militaire en passant son brevet de fusilier marin, puis en faisant un stage de commando marine, inspiré par le commandant Kieffer, au Centre Siroco, près d'Alger. Il se plia à un entraînement ultra-sélectif, fait d'exercices de close combat, de tirs au fusil mitrailleur sur cibles mouvantes, de sauts de camion en marche, de marches de 50 kilomètres sous un soleil de plomb dans le sable brûlant et la montagne déserte du Djebel…

En lisant la description détaillée qu'il donne de ces épreuves qui demandaient une force physique et morale exceptionnelle, on mesure leur impact sur le mental de ces soldats aguerris par l'acquisition progressive de valeurs universelles telles que l'endurance, la solidarité et l'entraide.

À l'issue de ce stage au Centre Siroco, mon père eut la grande fierté d'être certifié commando le 1er novembre 1946.

En mai 1947, mon père intègrera le prestigieux commando Trépel, le premier commando marine en France, la fameuse famille des bérets verts.

À la lecture de *Front de Lorient* et des deux autres textes qui suivent, *Centre Siroco* et *Commando Trépel*, on mesure le parcours emblématique de ce fils de paysans, qui deviendra au gré des circonstances tragiques de la Seconde Guerre mondiale l'un de ces héros anonymes qui participèrent à la libération de la France en 1944 et à la lutte finale en 1945 contre l'ennemi nazi, prolongeant son engagement initial dans les commandos marine, *toujours au service de la France*, comme il l'écrit.

Enfin, si mon père démissionne de la Marine nationale le 1er novembre 1961, ce n'est pas pour prendre une retraite paisible – et méritée au demeurant – mais pour se lancer dans une nouvelle entreprise tout aussi exaltante et toujours au service des autres puisqu'il deviendra guérisseur-magnétiseur, profession qu'il exercera à Quimper pendant quarante ans. Mais ça, c'est une autre aventure…

Claude Arz, mai 2019

Front de Lorient

1944 - 1945

(Récit de guerre)

ARZ Henri
70 L 441944-1945.

Engagement dans la Marine nationale pour la durée de la guerre à Vannes, le 28 août 1944, puis confirmé pour 5 ans début 1945.

Instruction militaire préalable au 505 à Vannes.

Première montée en ligne le 28 octobre 1944.

Combat de Nostang, poche de Lorient.

Récit de faits réels d'un ancien combattant de la poche de Lorient,
en poste à Nostang, qui a participé aux furieux combats de la localité contre les Allemands, avant la reddition de la poche de Lorient.

Ma motivation à prendre les armes

1944 – J'avais 20 ans, je vivais à la ferme de mes parents dans le golfe du Morbihan, c'était la misère, l'avenir des jeunes était très sombre, les forces militaires allemandes occupaient le pays, les atrocités et exactions faites par l'occupant étaient quotidiennes, nombre de mes amis étaient déjà dans la Résistance, telle était la situation de la France à l'époque.

J'ai le souvenir d'une période très dure où les Allemands organisaient une telle pénurie que la lutte pour la vie était devenue notre principale préoccupation quotidienne : la faim, le froid, les journaux sous les vêtements pour se réchauffer, les glands de chêne pour remplacer le café, les dizaines de kilomètres à pied pour un peu de pain et de farine… Les bals, les dancings étaient surveillés par la Gestapo. Nous restions cloîtrés dans notre village de Kerbouleven, de crainte de violentes représailles. L'occupant était partout présent et nous châtiait. Pour la moindre incartade, les troupes allemandes nous menaçaient de mort.

Ainsi, nombre de mes amis ont été sauvagement assassinés sans raison, souvent pour le seul fait d'avoir 18 ou 20 ans ou d'appartenir à un parti politique ou à une communauté religieuse persécutée. Pour ne citer que quelques voisins assassinés dans des conditions inhumaines : les frères Mitoir, les frères Guénédal, mon ami Jean Lotodé et combien d'autres lâchement abattus sous mes yeux.

L'extrait ci-dessous d'une lettre de Jean, mort en février 1944, illustre bien le climat de terreur dans lequel nous vivions.

« Chers parents et amis, deux ou trois mots pour vous faire savoir que je vais être fusillé aujourd'hui. Ne perdez pas courage. Je veux ainsi que vous gardiez de moi quelques souvenirs et que mon frère André garde mon accordéon, mais gardez votre courage, et une chose que je vous souhaite, c'est d'être heureux après la guerre. »

Une heure après avoir écrit ces quelques mots, Jean était conduit devant le peloton d'exécution allemand et fusillé avec ses quatre autres camarades pour avoir été des patriotes morbihannais et pour avoir voulu défendre la Liberté. Avant de mourir, ils ont été battus et torturés. Je ne raconterai pas comment cela est arrivé ou plutôt comment ils ont été dénoncés et conduits vers la Gestapo. C'est trop triste et trop injuste.

Dans ce contexte, las d'être privé de liberté et de nourriture pendant ces quatre années d'occupation, la violence, les menaces quotidiennes à notre porte, les humiliations, les persécutions, les maltraitances, tout ce qu'un jeune pouvait ressentir, les vexations nombreuses endurées, les assassinats sauvages, toutes ces épreuves pénibles, immondes et immorales que nous imposait l'autorité occupante depuis 4 ans étaient devenues si contraignantes, si difficiles à accepter et à supporter, qu'irrésistiblement, pour les jeunes, il était impossible de ne pas prendre la décision de s'engager dans le combat.

Lors de nos rencontres aux veillées nocturnes, nous discutions ferme entre amis dans des lieux secrets et dans le silence de la nuit. Paralysés, choqués par les affres de la guerre, certains hésitaient à parler dans la crainte morbide des représailles et évoquaient plutôt la vie quotidienne et le marché noir. D'autres, fils de miliciens, restaient muets. Nous n'étions que quelques adeptes convaincus de la nécessité de la Résistance.

Des réseaux de résistants se constituaient un peu partout et je m'y intéressais de plus en plus. J'essayais de trouver au hasard de mes rencontres un maquisard sûr qui veuille bien me tenir au courant des événements. Quelques anciens militaires de la Marine démobilisés m'apportaient des informations utiles et me tenaient au courant des nouvelles récentes du front. Et souvent ceux-ci, avec raison, me conseillaient de suivre une formation préalable en m'engageant dans une unité régulière.

Un soir, lors d'une veillée, un ami résistant me donna quelques informations discrètes sur la libération de Vannes dans un avenir proche. Il ajouta qu'il serait alors créé une école ou un centre de formation de la Marine pour les jeunes qui souhaiteraient s'engager pour la durée de la guerre. C'était une nouvelle capitale pour moi. À partir de cette date, je fus de plus en attentif aux événements militaires et je revis de temps en temps cet ami dans un lieu gardé secret.

C'est à cette époque que je parlai à mon père pour la première fois de mon éventuel engagement. Je sentis une certaine hésitation de sa part, m'affirmant enfin qu'il ne donnerait pas son accord, les temps étant trop risqués. Pourtant, en m'engageant, j'avais la conviction de défendre une cause profondément juste contre un ennemi barbare. J'avais l'impression que les troupes occupantes avaient pour mission de mettre la France à feu et à sang.

Les nouvelles étaient de plus en alarmantes sur les exactions auxquelles se livraient les forces allemandes dans le pays. Un nombre croissant d'informations inquiétantes laissait à penser qu'une opération de nettoyage ethnique était en cours. D'ailleurs, les actes des nazis illustraient cette barbarie qu'ils mettaient quotidiennement à exécution, contre les populations civiles et notamment contre les jeunes.

C'était la généralisation de la violence, au plus fort de son terme, à toute la société. Le fait de subir les brutalités organisées de l'occupant, les restrictions les plus pénibles, de se trouver dans des conditions extrêmes nous poussait inévitablement à la mobilisation. Notre réaction était saine et juste, nous n'avions pas d'autre issue pour retrouver notre liberté.

Nous n'aimions pas la guerre – personne ne l'aime –, mais ne pas l'aimer ne signifie pas rester les bras croisés lorsqu'on vous impose la souffrance. Il fallait certes combattre ces horreurs mais aussi défendre notre nation pour retrouver notre liberté.

Sans doute y avait-il quelques retenues de la part de notre entourage, de nos amis, et même de nos parents qui jugeaient notre décision hâtive, inutile et suicidaire devant un ennemi puissamment armé et organisé. Mais celles-ci restaient lettre morte et sans influence sur moi. Ma décision était mûrement réfléchie. Je jugeais mon engagement comme capital et essentiel. Il n'y avait pas d'autre alternative.

J'étais poussé inévitablement à la mobilisation pour chasser l'occupant afin d'arrêter les massacres, la barbarie, pour retrouver notre liberté et enfin notre joie de vivre. Pour cela, il fallait livrer le combat, pour casser la capacité de répression de l'occupant nazi, l'affaiblir et ensuite le chasser. D'ailleurs, la guerre n'a pas d'autres raisons : elle se fait dans l'attente d'un monde meilleur, vivable, qui passe hélas souvent par l'anéantissement d'un adversaire nécessairement diabolisé lorsqu'il n'y a pas d'autres issues plus heureuses. C'est la donnée essentielle de la lutte, et là aussi réside l'une des clefs des grands conflits mondiaux.

Engagement volontaire

J'ai donc pris un engagement volontaire dans la Marine nationale le 28 août 1944. J'avais déjà prévu, sur le conseil d'amis marins, de m'engager en 1942, mais le sabordage de la flotte de Toulon m'avait obligé à différer cette décision.

Mon premier contact avec les services administratifs de la Marine nationale à la caserne 505 à Vannes eut lieu le 19 août 1944. Je me souviens que ce matin-là, je m'étais levé dès l'aube, au grand étonnement de mes parents. Ayant jeté un œil sur le pas de la porte, je m'aperçus que l'herbe du jardin était humide de rosée légère mais que la journée s'annonçait belle. Assis devant moi, devant sa niche, mon chien Pierrot, fidèle confident, me regardait tristement. Alors, sous les yeux embués de larmes de ma mère, j'ai enfourché lestement ma bicyclette préparée la veille et pris la route de la ville de Vannes, distante d'une douzaine de kilomètres.

Le soleil brillait sur le golfe du Morbihan, le ciel était d'un bleu azur, c'était la moisson, mon moral était au zénith. Du sommet d'une petite colline, je vis clairement à l'horizon, sur ma gauche, les bombardements intensifs sur la base sous-marine de Lorient. Comme d'habitude, un nombre impressionnant de batteries allemandes se mettaient en mouvement dans un grondement sourd et violent. Les balles traçantes formaient de gigantesques feux d'artifice en direction des avions pilonnant la base sous-marine. La Luftwaffe entrait à son tour en action ; quelques appareils furent touchés de part et d'autre et descendaient en piqué tourbillonnant pour venir s'écraser au sol. C'est ainsi que je suis entré à Vannes, plein d'enthousiasme et de courage.

Le premier jour, je me rendis dans plusieurs bureaux de la caserne, où me furent demandés quelques renseignements élémentaires : mon âge (20 ans), ma profession (agriculteur), mes contacts éventuels avec la Résistance, ma motivation pour l'engagement volontaire. Ces quelques formalités sommaires accomplies, je fus conduit à l'infirmerie où l'on prit mes coordonnées en me demandant de revenir dans deux jours pour un examen médical. Mon frère Joseph, un an plus jeune, me suivit vingt-quatre heures plus tard.

Le matin du 21 août, je me présentai de nouveau au 505, où je fus accueilli par un infirmier qui me questionna sur ma santé en général. Celui-ci me demanda à nouveau mon âge, me pesa, me mesura, testa ma vue, examina très attentivement mes dents et surtout mes pieds, me demanda quel sport je pratiquais et quels avaient été les vaccins effectués. Après tous ces éléments notés soigneusement dans un cahier, il me donna une petite fiche où étaient inscrits tous ces renseignements, afin de me présenter l'après-midi devant le médecin major. Ponctuel à mes rendez-vous, après un casse-croûte avalé au lance-pierres, à 14 heures précises, je passai la visite médicale proprement dite auprès du médecin de la caserne. Puis je retournai chez moi à pied.

Le lendemain, je revins dans un autre bureau pour compléter mon dossier, je fis quelques tests, un petit examen oral et écrit d'instruction générale, quelques exercices sportifs sur un stade. Et après toutes ces formalités, je fus conduit chez l'officier chargé du bureau de recrutement qui me dit : « Si votre candidature est retenue, vous serez convoqué le 28 août pour la signature de votre engagement volontaire pour la durée de la guerre. »

Le 26 août, je reçus par lettre officielle ma feuille d'aptitude au service militaire et ma convocation pour signature. J'ai donc signé mon engagement pour la durée de la guerre dans la Marine nationale le 28 août 1944. Début 1945, je réactualiserai mon engagement volontaire pour une durée de 5 ans.

Ma première affectation fut le bataillon de marche de Lorient, 1ère compagnie, du 28 août 1944 au 1er janvier 1945, ma seconde au 4e RFM (régiment de fusiliers marins), du 1er janvier 1945 au 18 novembre 1945.

Instruction à Vannes

Avant de monter sur le front, après mon aptitude au service militaire confirmé, je fis deux mois seulement de préparation et d'instruction militaire à Vannes, à la caserne du 505.

Cette instruction plutôt sommaire comportait la connaissance et le maniement des armes (fusil Lebel, mousqueton, mitraillette Sten, fusil mitrailleur 24-29, mitrailleuse Hotchkiss, modèle 1892), l'entraînement et l'exercice du combattant sur le terrain, la tactique du combat et beaucoup de sport sous la direction du lieutenant de vaisseau Boul.

Première montée en ligne

L'instruction terminée, notre compagnie (120 hommes) fut mise en réserve pendant quelques jours.

Le 28 octobre, nous partîmes en direction de Landévant sans connaître tout d'abord la destination exacte ; nous savions que nous partions sur le front de Lorient mais sans plus (les gradés en savaient sans doute davantage).

Le trajet par Auray fut assez rapide. Si mes souvenirs sont exacts, il me semble, d'après certains échos circulant alors dans la compagnie, que nous n'étions pas destinés tout d'abord pour Nostang. La décision aurait été prise lorsque l'état-major avait connu la décimation des FTP (Francs tireurs et partisans) de Quimper et des FFI (Forces françaises de l'intérieur) en poste à Nostang. Les archives de l'état-major ou certains responsables de l'époque pourraient le confirmer.

De Landévant, nous rejoignîmes à pied Nostang,

où nous sommes arrivés à la tombée de la nuit. Après qu'il nous ait été servi un petit verre d'alcool, sans doute pour nous réconforter avant notre première montée en ligne – et peut-être de ce que nous allions voir sur le terrain – (alcool que j'ai personnellement refusé, vu que je n'en buvais pas), nous avons pris la direction du front.

Je connaissais un peu Nostang, pour avoir été rendre visite une fois à mon oncle Joseph Huby, le frère aîné de ma mère, recteur de la paroisse. Il était lui-même un ancien combattant de la Première Guerre mondiale et avait combattu au Chemin des Dames et à Verdun en 1917.

Nous sommes arrivés sur le front avec confiance et courage, par une journée glaciale, au lieu-dit Mané-er-Hoët en Merlevenez (où se trouve actuellement le monument célébrant les combattants morts à Nostang). Nous nous trouvions dans un bois de sapins, de l'autre côté du pont de Nostang (Pont-er-Mor) qui surplombe la rivière d'Étel à 1,5 kilomètre environ du bourg. À ma gauche, j'apercevais nettement le clocher de Nostang et son presbytère.

Ce qui m'a frappé, même horrifié, en prenant position, c'était de voir tous les morts qui jonchaient le sol – les blessés avaient été déjà évacués. C'était un éparpillement macabre d'hommes (des dizaines de morts) gisant les uns à côté des autres sur le sol, leurs fusils canadiens près du corps ou sur la poitrine, sous une pluie d'obus « fusants » qui continuaient à tomber. Quelques minutes après, le harcèlement de l'artillerie allemande s'est tu.

Nous apprîmes par la suite que tous ces morts étaient les FTP de Quimper. De quoi défaillir lorsqu'on va pour la première fois au combat, et que l'on a 20 ans. Un combat violent, comme il arrivait souvent dans ce secteur, venait sans doute d'avoir eu lieu.

Nous comprîmes alors ce qui nous attendait dans les jours qui allaient suivre. Nous prenions soudainement conscience de ce qu'était la guerre. Notre enthousiasme de jeunesse, notre entrain, notre ardeur se sont brutalement estompés – sans pour autant ternir notre volonté, notre courage et notre désir de défendre la liberté car nous savions, malgré notre jeune âge, à quoi nous étions destinés, et nous avions conscience de notre noble mission qui consistait à défendre la liberté de tous. Le sacrifice en valait la peine. C'est d'ailleurs pour cela que nous étions là.

Nous nous installâmes donc bien tranquillement dans le bois de sapins en remplacement de nos braves FTP. Je me trouvais précisément à flanc de coteau, côté gauche de la compagnie, devant un champ de choux, comme chargeur (servant de la mitrailleuse) et face aux Allemands qui étaient à une centaine de mètres, parfois moins. Là, nous avions creusé, Auguste Le Port (tireur) et moi-même, comme nos autres camarades, notre tranchée, qui était désormais notre gîte et que nous aménagions progressivement au mieux avec des branchages, des fougères et divers feuillages de proximité, afin de rendre notre abri de fortune le plus confortable possible.

Notre alimentation était la ration K. Je me souviens qu'il faisait très froid, et l'hiver s'annonçait précoce et rigoureux. Nous n'avions qu'une couverture par personne, mais je me souviens aussi que les combats étaient rudes et nous faisaient oublier le vent glacial.

Les autres sections de militaires s'étaient installées à proximité, tous faisant face à l'ennemi redoutable, bien armé, bien équipé, chaudement habillé, bien entraîné et très supérieur en nombre. Nous ignorions qu'ils étaient si nombreux en face et si proches de nous dans le champ de choux qui nous séparait. C'est dire combien manquait la concertation entre les sections et les autres compagnies, voire la hiérarchie. Il aurait été normal, lorsque nous prenions position face à l'ennemi, que le PC (poste de commandement) nous informe de ce qui se passait dans le secteur.

La nuit, nous avions un service de quart, de trois à quatre heures. Comme je l'ai souligné plus haut, nous dormions dans la tranchée avec une seule couverture. Nous grelottions, et souvent, il m'est arrivé de faire des exercices en pleine nuit dans la tranchée ou hors de celle-ci pour me réchauffer. Mais toujours très discrètement, car l'ennemi veillait lui aussi avec ses patrouilles silencieuses, et il n'était pas rare d'avoir quelques balles qui nous sifflaient aux oreilles. Nous n'avions pas le droit de faire des feux dans la tranchée pour nous réchauffer et nous éclairer, afin de ne pas attirer l'attention de l'ennemi, prompt à réagir en nous donnant quelques coups de semonces sous forme de balles sifflantes.

Je relaterai ici quelques anecdotes singulières arrivées lors de mon séjour dans la tranchée. Dans ce paysage risqué, plutôt hostile et où s'exprimaient la violence la plus totale et l'agressivité dans toute sa laideur, soudain, de ma tranchée, je vis apparaître au-dessus de moi, à la dérobée, des petits animaux curieux de notre présence, bien sympathiques et qui réjouirent l'atmosphère pesante du moment.

Tout d'abord, deux vieux corbeaux commençant à se déplumer, perchés sur un vieil arbre piteux, nous observèrent discrètement quelques instants avant de franchir la rivière pour rejoindre l'autre rive, plus sécurisante. Un écureuil vif et agile, au-dessus d'un tronc d'arbre écumé, lança un regard furtif dans ma direction et tendit l'oreille, pour disparaître aussitôt à son tour avec une agilité incroyable dans la nature dès le premier coup de feu tiré. Enfin, un petit lapin silencieux, amaigri, bien triste et très angoissé, tout tremblant, creusa son petit terrier à proximité de ma tranchée ; dès la nuit tombante, il s'éloigna dans le bois vers la rivière pour chercher sa maigre pitance.

Dans les circonstances que nous étions en train de vivre, la présence de ces petits mammifères égayait l'atmosphère, nous apportait un peu de réconfort et atténuait notre angoisse. Ils nous étaient aussi d'une grande utilité car, faisant partie intégrante du paysage, ils étaient très sensibles à l'environnement immédiat, et, au moindre bruissement de feuille, au moindre cliquetis d'arme de l'ennemi, ils nous avertissaient par un cri caractéristique discret et subtil du danger immédiat, en nous invitant à la vigilance et à la prudence.

De temps en temps, les Allemands marquaient leur présence par quelques tirs sporadiques à la mitraillette (P40), au fusil mitrailleur ou à la grenade, sans doute pour nous rappeler qu'ils étaient bien là. Presque aussitôt après les tirs d'armes légères succédaient des tirs de redoutables « fusants » (obus explosant en l'air au-dessus de nos têtes) et de « percutants », projectiles n'éclatant qu'en percutant le sol. Il fallait que l'obus tombe dans la tranchée pour nous atteindre.

À cela, il faut ajouter les tirs de mortier. Pour ces derniers, nous commencions à connaître la tactique des Allemands : un obus à droite, un obus à gauche, et le troisième en plein sur la cible. Lorsque le tir de mortier s'approchait de notre abri, nous savions qu'il fallait évacuer rapidement celui-ci. Mais jusque-là, nous résistions et restions bien accrochés sur nos positions.

Certes, à l'arrivée de la nuit, il y avait quelques patrouilles discrètes et avancées de reconnaissance pour repérer les positions ennemies, qui pouvaient se terminer par quelques accrochages et des cris douloureux. C'était le signal de la proximité d'un ennemi bien en poste et aux aguets, qui annonçait le danger permanent. Cela nous incitait à redoubler de vigilance.

Mais jusqu'ici, depuis que nous avions pris position, à part quelques escarmouches entre les patrouilles avancées de reconnaissance, des tirs de « fusants », de « percutants » et de mortier qui faisaient certes mal, et quelques blessés, il ne s'était rien passé d'exceptionnel.

Le grand combat de Nostang

Soudain, le soir du 30 octobre 1944, eut lieu une offensive très dure des Allemands, celle que j'ai appelée le Grand Combat et qui est restée dans ma mémoire à jamais.

Sans doute l'ennemi a-t-il voulu d'abord tester la solidité de nos lignes et peut-être nous intimider avant d'effectuer une avancée. On sentait que la grande offensive n'était pas loin. Déjà, des bruits sourds et lourds tonnaient à l'horizon, et presque aussitôt, l'artillerie située en arrière des lignes allemandes avancées s'est mise en route. Immédiatement, dans un fracas monstrueux, les obus « fusants » éclatèrent au-dessus de nos têtes, les « percutants » percèrent le sol partout et tombèrent sur les tranchées ; des branches d'arbres arrachées, déchiquetées couvraient le terrain et nous tombaient dessus.

C'était la grande salve d'artillerie lourde allemande, annonciatrice d'une offensive imminente de l'infanterie sur le terrain. Nous fûmes pris par surprise. Le combat fut rude, et, malgré notre courage de jeunesse et notre volonté farouche de résistance, il n'était pas facile de tenir nos défenses.

Sur le coup, nous avons été tétanisés par la brutalité et l'intensité de l'agression, nous étions pétrifiés par les éclats d'obus qui pleuvaient de partout. Puis nous nous sommes ressaisis et nous avons résisté un certain moment à cette impressionnante puissance de feu. Alors, il y a eu un silence de quelques minutes, le temps de reprendre notre souffle, comme si l'attaque allemande s'était brusquement arrêtée. Ce n'était, hélas, qu'apparence, une tactique de combat bien à eux. Et tout recommença, en plus intense encore.

Ce fut la grande offensive sur le terrain. Ses effets furent terribles. D'abord, un déluge d'obus, de fer et de feu tomba sur nos lignes, une odeur de poudre à canon envahit l'atmosphère. C'était démentiel. L'ennemi tentait ici, sur le terrain, une percée d'envergure massive. Les tirs au mortier s'y sont mis aussi, et les obus tombaient à profusion dans les tranchées.

Les troupes allemandes étaient devant nous, dans le champ de choux, en nombre considérable, et nous attaquaient de plein front à la mitraillette (P40) et à la grenade. Pour compléter, des tirs d'armes automatiques balayaient nos lignes, et les balles sifflaient au-dessus de nos têtes. Des cris de souffrance se faisaient entendre de partout. Nous apercevions les Allemands, à moins de cinquante mètres, qui s'avançaient au pas cadencé vers nous, le Mauser à la main, hurlant en notre direction. Pourtant, nous continuâmes à défendre notre position, certes fragile, devant le champ de choux, ne serait-ce que pour défendre notre peau.

J'étais toujours solidement accroché à ma mitrailleuse, à côté de mon ami Auguste Le Port, regardant droit devant, continuant à balayer le paysage, comme le faisaient d'ailleurs mes camarades de proximité. Mais que faire devant une telle offensive, comment résister à une telle puissance de feu ? Il fallait être sur le terrain, devant l'ennemi enragé, pour se rendre compte. L'adversaire, d'une supériorité écrasante en nombre, disposait d'armes de grande qualité et de troupes très aguerries au combat, certains soldats ayant fait la Campagne de Russie. Pour nous, c'était l'enfer.

Nous apprîmes par la suite qu'ils étaient 6 000 hommes pour tenter cette percée, et nous une simple compagnie de 120 hommes équipés d'armes désuètes, le Lebel du siècle dernier (1888, je crois) et la mitraillette Sten qui s'enrayait souvent. En outre, c'était notre premier combat, après deux mois à peine d'instruction militaire préalable.

Notre ligne fut rapidement brisée, la hiérarchie disloquée. Nous nous trouvions brutalement par petits groupes de combat dans la nature. Dans l'impossibilité de poursuivre la lutte, nous décrochâmes et décidâmes de nous replier avec nos armes en nous éparpillant sur le front de la colline vers la rivière d'Étel.

Mais devant une telle puissance de feu, ce n'était pas facile de nous élancer hors des tranchées sous les tirs nourris de mitrailleuses ennemies, les balles sifflant, balayant tout. Nous nous exposions dangereusement à nu au feu de l'ennemi. Nous étions obligés de nous frayer un chemin au milieu des cratères creusés par les obus innombrables et les branches d'arbres arrachées jonchant le sol.

Lors de notre repli, sur le flanc de la colline, la fusillade et la canonnade devinrent de plus en plus intenses. Les Allemands firent pleuvoir sur nous une grêle de feu et de balles ; je pensai soudain aux FTP.

Je me suis souvent demandé, depuis, comment nous avions pu nous sortir de cet enfer, les tranchées ne nous abritant plus. À un moment, j'ai même vu un obus n'ayant pas éclaté qui roulait sur le sol en ma direction.

Après un repli de quelques dizaines de mètres, Auguste et moi sommes arrivés avec l'arme automatique près d'un rocher au bord de la rivière. Là, nous avons soufflé un instant, un peu à l'abri des balles. De notre abri naturel de fortune, nous entendions distinctement des cris de bêtes féroces déchaînées sur la colline, ne pensant qu'à tuer et à massacrer. Lorsque l'artillerie redoubla dans notre direction, Auguste et moi nous sommes séparés par la force des choses.

Il y avait de nombreux blessés ; on entendait des appels à sa mère, à sa femme, à ses enfants. Tout cela nous déchirait le cœur, même dans l'action. Le sang coulait.

Ceux qui n'avaient pas été touchés cherchaient désespérément un bon abri ou s'échappaient à grandes enjambées et tentaient de traverser la rivière. Malheureusement, celle-ci était infranchissable, à cause de la vase, de la fraîcheur de l'eau et de sa situation exposée, balayée par les tirs des mitrailleuses surplombant la rivière. Des milliers de balles tombaient et frappaient la vase et les eaux comme de la pluie.

À un certain moment, je crus être touché par une balle qui me frappa le visage près du nez, sous l'œil. Je crus sentir le sang qui commençait à couler, mais ce n'était qu'une gerbe de terre soulevée par un projectile. Je restai quelques secondes à même le sol, puis je me levai pour rechercher mon camarade Auguste. Juste devant moi, à une vingtaine de mètres, le premier maître me regardait et il me cria : courage, mon cher Arz ! C'est alors que j'aperçus à nouveau Auguste, à une trentaine de mètres, me faire un signe de la main pour me dire de le rejoindre sous une roche très épaisse à flanc de coteau. En quelques enjambées, je gagnai l'abri, tout en surveillant du coin de l'œil l'ennemi dans son avancée.

Nous restâmes là dix minutes. De cet abri carapace, nous observions les impacts des balles venant frapper l'eau et la vase de la rivière. Il est vrai que celle-ci était une ligne de mire par excellence pour les Allemands positionnés sur la colline. Nous apercevions distinctement les unités allemandes tirant dans toutes les directions, sur toute âme qui bougeait, sur le sommet de la colline et se dirigeant vers le pont de Nostang, zone stratégique de contrôle du secteur où ils prirent position dans le but de nous encercler, nous réservant le sort des FTP décimés quelques jours plus tôt.

Tous les combattants de notre ligne s'étaient dispersés. Et cette dispersion nous fut plutôt favorable car nous eûmes ainsi moins de pertes, les projectiles allemands pouvant plus difficilement nous atteindre, à part quelques tirs hasardeux.

Après une heure et demi de harcèlement, les Américains installés sur les lignes arrière à Rédéné, prévenus de notre repli et de notre encerclement provisoire, effectuèrent des tirs de barrage à la roquette, destinés à briser l'offensive allemande pour séparer les combattants. Ce n'était pas le moment de remonter sur la colline. Des centaines d'obus tombaient à nouveau sur notre terrain. C'était un nouvel enfer pour nous, pauvres soldats. Surpris par ce tir nourri, dense et imprévu, les Allemands se retirèrent et reprirent leurs anciennes positions.

Je ne connais pas les dégâts précis occasionnés par les tirs américains, mais on peut imaginer que ceux-ci ont été importants dans les deux camps. Mais le pire fut probablement évité par cette intervention des Américains, car si nous avions essuyé des dégâts dans nos lignes, nous avons été mis à l'abri et avons échappé à une tuerie en règle. En effet, d'une part, nous étions dans une enclave et n'avions aucune porte de sortie ; d'autre part, dans ce combat acharné, face à un ennemi belliqueux, déterminé, sans pitié, agissant avec une telle violence, une telle rage de détruire, notre compagnie aurait été impitoyablement exterminée.

Ce jour-là, nous avons compris ce qu'était la guerre. Lorsque vous en parlez autour de vous, on vous répond : « On ne le sait que trop ! », tout en ne le sachant jamais vraiment si on ne l'a pas vécu. D'ailleurs, cela est vrai pour toute épreuve pénible.

Dispersés et durement touchés en hommes lors de cette offensive, nous nous sommes regroupés pour reprendre notre position dans le bois de sapins. Certes, le moral était un peu cassé mais pour un temps très bref. L'euphorie de retour cachait malgré tout une angoisse assez profonde. Les pertes furent lourdes, dont je ne connus jamais le nombre exact. En quelques minutes, les infirmiers et tous les moyens de secours furent sur place pour apporter les premiers soins aux blessés légers et pour évacuer les morts.

Dans toute cette horreur, une merveilleuse apparition survint : notre écureuil, devenu la mascotte de la compagnie, vint à nouveau égayer l'atmosphère, nous faisant comprendre qu'au-delà de cette épreuve, il restait encore un peu de bonheur et beaucoup d'espoir. De notre tranchée, nous sentions encore la puanteur des obus, du soufre et de la poudre. Auguste Le Port et moi-même saluâmes l'écureuil de la main en lui souhaitant bonne chance.

Une fois bien installés dans notre tranchée, il fallait penser à nouveau à nous alimenter. Ce soir-là, nous avons mangé après minuit notre ration K, le seul repas de la journée. Nous mangions à l'aveuglette, sans lumière, tout éclairage étant interdit. Pour ce qui est du sommeil, cette nuit-là, il n'était pas question d'y songer. Nous sommes restés en alerte toute la nuit, prêts à intervenir en cas de besoin. Au petit jour, quelques tirs de batteries dans le lointain se firent entendre. Ce fut à nouveau le sursaut, le branle-bas d'angoisse, heureusement sans suite. Il est vrai que la dernière offensive avait mis nos nerfs à rude épreuve.

Je noterai que lors de la bataille, le lieutenant de vaisseau commandant de la 1ère compagnie était absent. Il avait été appelé la veille, d'après certaines rumeurs, à une réunion d'état-major à Vannes. Pendant cette absence, l'intérim était exercé par le lieutenant de Lorgeril ; mais celui-ci ayant été blessé dès le début du combat et évacué, il fut à son tour remplacé par le maître principal Le Coz, qui prit le commandement pendant les combats.

Lors de mon séjour à Nostang, je suis allé une fois rendre visite à mon oncle, recteur de la paroisse, dans son presbytère au bourg de Nostang. Il me parla du Chemin des Dames où il avait combattu en 1917 et de ses graves blessures pendant la Grande Guerre, où il avait été gazé. Ses paroles étaient réconfortantes. Il me donna du courage pour remonter sur le front. « C'est la seule voie de la liberté », me dit-il, « et c'est cela qui a une grande importance pour tous. »

Mon oncle sera malheureusement tué dans un accident de la route en motocyclette, écrasé par un camion de Quimper, en allant se faire soigner comme gazé, le 21 mars 1952, à l'hôpital d'Hennebont.

Repos à Languidic (Rédéné)

Après ces furieux combats et les percées subies dans notre compagnie sur le front de Nostang, le temps de séjour dans ce secteur fut bien écourté. La relève eut lieu le 6 novembre 1944.

Nous rejoignîmes Languidic par camions et jeeps pour quelques jours de repos bien mérités. En vérité, nous étions bien sonnés. Quant au lieutenant de vaisseau Boul, notre commandant de compagnie, et au lieutenant de Lorgeril, son adjoint, ils ne nous ont pas rejoints, et nous ne les avons pas revus.

Notre activité durant cette détente à Languidic consistait à effectuer un stage de perfectionnement du maniement des armes, à nous initier à la tactique du combat après l'enseignement donné à Nostang et à suivre quelques démonstrations et conférences dans ce sens. Comme loisirs, nous avions quartier libre en soirée et, à proximité, un peu de lecture, quelques exercices de sport et des jeux divers.

Pendant mon repos, mon frère Joseph, combattant à Caudan dans une autre compagnie du bataillon, m'avait rejoint. De Languidic, nous sommes allés deux fois, à pied, passer le week-end chez nos parents à Baden, sur le golfe du Morbihan. Pour y parvenir, nous passions par Landévant, et il nous arrivait pendant notre trajet d'être tirés comme des lapins par des tireurs isolés d'origine indéterminée.

Reprise de position
dans le secteur de Pont-Scorff

De Languidic, nous ralliâmes Saint-Servais – Le Croaziou, le 7 décembre 1944, toujours sans le lieutenant de vaisseau Boul et son adjoint de Lorgeril, blessé.

Le front du secteur de Pont-Scorff se trouvait très exactement entre la ligne de chemin de fer Paris-Quimper et la départementale Vannes-Quimperlé-Quimper, et sur une ligne de Mané-Guéguan, en face du Croaziou, à Lann-Hir, presque en face de la chapelle de Saint-Servais. Le poste de commandement dont je faisais partie était cantonné dans cette chapelle, tout proche du Croaziou-Rédéné, carrefour à trois voies à l'époque, sur la départementale, fréquemment bombardé par les Allemands. Du poste de commandement, à 2 km environ, nous voyions et entendions clairement les obus tomber sur Le Croaziou.

Pendant que nous étions à Saint-Servais, le lieutenant de vaisseau Duval, arrivant d'Angleterre, nous rejoignit dans la chapelle. Il avait été nommé commandant de la 1ère compagnie, en remplacement du lieutenant de vaisseau Boul. Le personnel du poste de commandement dormait dans la chapelle. Quelques obus furent tirés par les Allemands sur celle-ci, sans faire de blessés ni trop de dégâts.

L'intendance, service administratif chargé du ravitaillement et de l'entretien de la compagnie, était aménagée dans un abri, sorte de baraque située derrière une petite maison de ferme, face à la chapelle. L'aménagement comprenait un éclairage commun sommaire de bougies et de lampes à pétrole, deux banquettes en bois, le nécessaire de cuisine et le matériel habituel des fermes (pelles, pioches, haches). C'était le second maître Hervé qui était chargé de ce service. Nous préparions et faisions la cuisine dans ce local.

On se ravitaillait parfois à la ferme de Kerleau, située à 150 mètres environ derrière.

Les sections de la compagnie se trouvaient plus bas, à quelques centaines de mètres de la départementale, avant la ligne de chemin de fer.

Les deux compagnies, celle de Lenormand, où était engagé mon frère Joseph, et la nôtre, se trouvaient désormais à côté l'une de l'autre et faisaient front commun, sur une ligne Le Croaziou – Saint-Servais.

Les troupes allemandes se trouvaient de l'autre côté de la ligne de chemin de fer, toujours prêtes à réagir au moindre écart de notre part. De temps en temps, elles effectuaient quelques percées, en nous provoquant ; ces accrochages souvent très durs faisaient parfois quelques blessés.

Connaissant bien le secteur, les Allemands venaient parfois se ravitailler en denrées alimentaires à la ferme de proximité, située en deçà de la ligne du chemin de fer, c'est-à-dire dans nos lignes.

Sur le front, les hommes étaient disposés par postes. L'armement comportait toujours le fusil mitrailleur 24-29, la mitrailleuse, la mitraillette Sten et le fusil individuel.

De jour, nous faisions de la surveillance et des patrouilles avancées discrètes par petits groupes, toujours composés de quelques hommes et un gradé. Si nous avions des accrochages, ceux-ci n'étaient pas comparables à ceux de Nostang, beaucoup plus brutaux et meurtriers. Par contre, les tirs d'artillerie venant des lignes allemandes étaient très fréquents.

Ma compagnie est restée sur le front de Pont-Scorff jusqu'à début janvier 1945 et a rejoint ensuite le front de la Vilaine.

Front de la Vilaine

Fin janvier 1945, nous avons rejoint le front de la Vilaine par camion pour les troupes et en jeep pour les officiers. Notre première étape fut Questembert, où nous sommes restés quelques jours dans une école avant la montée en ligne. Ensuite, nous sommes allés à Péaule, Bégame, Le Guerno puis Muzillac, Zurzur, Billiers et Damgan.

Le poste de commandement était installé à Billiers et à Muzillac. Les modalités de services de veille sur le front se faisaient par poste le jour, la nuit par quart. Les patrouilles de reconnaissance des postes avancés se faisaient plutôt la nuit. La composition de celles-ci était de deux ou trois hommes, parfois davantage. Le parcours se faisait du côté de la Vilaine où se situait l'ennemi.

Nous étions logés dans des gourbis et des abris de tranchée, parfois sous tente. Notre équipement n'avait pas évolué depuis les combats de Nostang, notre tenue vestimentaire non plus. Notre battledress était démesuré, de même que les rangers, dont la pointure était inadaptée. Le moyen de transport employé à l'arrière des lignes était la jeep, bien que nous l'utilisions le moins possible pour ne pas éveiller l'attention des Allemands. Ici, sur la Vilaine, l'ennemi semblait plus groggy. Il est vrai que nous approchions de la reddition de l'armée allemande.

Pendant notre séjour sur la Vilaine, nous avons eu des accrochages fréquents avec l'adversaire, en général vers 5 heures du matin ou à la tombée de la nuit et lors des patrouilles de reconnaissance avancée dans la région de Péaule et de Bégame. Si nous avons eu quelques blessés lors de ces engagements, je n'ai pas souvenance de morts dans notre compagnie sur la Vilaine ; les combats ici n'avaient rien de comparable avec ceux de Nostang.

Retour sur le front de Lorient

Départ du front de la Vilaine. 6 mai 1945, 5 heures du matin, les lueurs du soleil levant commençaient à blanchir l'horizon, c'était le branle-bas de combat à Zurzur, Billiers, pour les préparatifs du départ. Toute la compagnie était sur le pied de guerre. En une demi-heure, l'ensemble de la compagnie était prêt. Nous partîmes vers 6 heures du matin, direction Brandérion-Tréauray, pour un temps de repos de 4 jours, avant le Jour J, le 10 mai, où 25 000 Allemands nous attendaient.

Le trajet se fit, comme précédemment, par camion pour l'équipage et jeep pour les officiers, en passant par Vannes, Auray et Landévant. Nous sommes arrivés à Brandérion vers 9 heures. Pendant cette période d'attente à Brandérion, les activités diverses comportaient surtout l'instruction militaire, le perfectionnement des armes et quelques notions de secourisme avec les premiers soins à donner aux blessés en cas de nécessité.

Après quelques jours de détente, nous quittâmes Brandérion le 10 mai à 10 heures du matin en direction de Lorient. Heureusement que la capitulation allemande du 8 mai 1945 avait déjà sonné, du moins pour une partie des belligérants de la poche de Lorient. Le parcours suivi fut Tréflaven, Sach, Quéven, Keryado et Kernevel, base très connue à Lorient, où, semble-t-il, se trouvait le poste de commandement de l'amiral Doënitz. Dans notre secteur d'avancée de mai 1945, je n'ai pas souvenance d'une résistance dure de la part des Allemands sur le terrain, ni de combats avant leur reddition. Pourtant, il est vrai qu'à Nostang, au début du mois de mai, il y avait toujours des combats acharnés.

Récemment encore, en 1995 je crois, une cache de munitions allemandes a été mise au jour par une entreprise de travaux publics sur le site de la future salle de sports de Nostang.

Nous nous installâmes donc à la base de Kernevel le 10 mai 1945. Nous fûmes frappés de l'étendue des dégâts sur Lorient : c'était une ville complètement détruite. Le pays de Lorient mettait un point final à cinq années de malheur, de misère et d'humiliation.

Pour tous ceux qui ont vécu le drame ou qui ont participé à la libération de la ville le 10 mai 1945, c'est une date à jamais gravée dans leur mémoire, tant fut immense la joie de retrouver la liberté. L'euphorie était considérable partout, autant dans nos rangs – malgré les lourds sacrifices – que chez les populations civiles.

Neuf mois durant, la guerre fut menée pratiquement sans armement lourd ni soutien aérien, par des hommes volontaires venus du Finistère, des Côtes-du-Nord, d'Ille-et-Vilaine, du Morbihan et même du Loir-et-Cher. Pour ces milliers de braves combattants, comme pour les habitants chassés de leur ville ou restés dans la poche de Lorient par obligation, le 10 mai fut un tournant unique dans leur vie.

Mais si le 10 mai fut un jour d'allégresse, il fut aussi un jour de tristesse en souvenir de toutes les horreurs de la barbarie nazie mise en lumière dans les semaines qui suivirent, lors des sinistres mises au jour des charniers de Port-Louis et des fosses de Penthièvre.

Nous restâmes à la base de Kernevel pendant deux mois, jusqu'au départ à Paris pour le grand défilé international du 14 juillet 1945 (80 000 hommes y participèrent).

Le 10 mai 1995, le cinquantième anniversaire de la poche de Lorient célébra la commémoration de la reddition de la poche de Lorient et l'hommage aux anciens combattants sous la forme d'une reconstitution historique.

Lac de Constance

En août 1945, je fus désigné au secteur maritime du lac de Constance, à Stadt, en Allemagne, dans la compagnie de tradition de la 1ère armée de Lattre de Tassigny, mon frère Joseph étant parti comme volontaire en Indochine. Nous quittâmes Paris en camion et gagnâmes l'Allemagne en passant par Strasbourg.

La mission de notre compagnie sur le lac de Constance consistait en une présence de la représentation française, au maintien de l'ordre et à la police sur le lac. Cette présence était d'ailleurs souvent contestée par les populations civiles allemandes.

Nous étions cantonnés à Stadt. Les embarcations qui servaient à la navigation sur le lac étaient des vedettes, bateaux de transport et de plaisance. Les villes fréquentées étaient Constance, Lindau, Brégenz, Honnehorn et Friedrichhafen.

Mon séjour se termina à Constance le 18 août 1945.

Si ce fut le point final de ma mission dans la guerre 1939-1945, là ne s'arrêta pas mon parcours dans la Marine nationale, où l'aventure non moins mouvementée continua vers d'autres horizons, toujours au service de la France.

CENTRE SIROCO

Après l'occupation en Allemagne, secteur maritime du lac de Constance, à Stadt, dans le cadre de la compagnie de tradition, issue du 4e régiment de fusiliers marins, à la dissolution de celui-ci, le 1er octobre 1945, je fus désigné le 18 novembre 1945 au 3e dépôt de Toulon.

Le 1er février 1946, j'eus mon affectation au Centre Siroco-Cap-Matifou, près d'Alger, à l'école des fusiliers marins, pour parfaire l'instruction militaire et de combat.

Je suis donc arrivé au Centre Siroco le 1er février 1946, mais comme il était en restauration, je fus conduit vers le fort d'Estrées, qui se trouvait à proximité du Centre, et où se déroulait l'instruction des fusiliers marins. Après les présentations de mes instructeurs, officiers et officiers-mariniers, j'ai commencé aussitôt mon cours.

Après avoir reçu tout le barda (les vêtements et l'équipement militaire du fusilier), je fus dirigé vers le moniteur d'éducation physique. Je dois préciser que nous faisions du sport toute la journée sous les ordres du second maître Cognec, un athlète complet, comme j'en ai rarement rencontré.

Je me souviens que le matin, de bonne heure, nous tournions autour du fort, puis dévalions la falaise, remontions celle-ci pendant des heures, avant de rejoindre le stade pour d'autres exercices. Ceci, nous disait-on, pour nous endurcir en vue des épreuves futures. Ces exercices me rappelaient un peu ceux effectués au bataillon de marche à Vannes, sous les ordres du lieutenant de vaisseau Boul.

Quelques jours plus tard, nous commencions les exercices de combat proprement dits, les armes, l'entraînement tactique sur le terrain, bref, toute l'instruction du fusilier marin, que je connaissais déjà pour l'avoir vécue au bataillon de marche de Lorient lors des hostilités. Le fort d'Estrées était un lieu bien situé pour les sports et l'exercice, à quelques centaines de mètres du Centre Siroco, surplombant celui-ci, et proche de la mer. Malheureusement, il était un peu suranné du point de vue de l'aménagement et de l'équipement.

La compagnie d'apprentis fusiliers était commandée par le lieutenant Rogeon, assisté du moniteur d'éducation physique Cognec déjà cité, des instructeurs Conq et de quelques autres officiers mariniers. Nous sommes restés dans ce vieux fort deux mois environ, avant de rejoindre le Centre Siroco, superbement aménagé (le confort et l'équipement étaient autres).

Notre premier commandant au Centre Siroco fut le capitaine de frégate Cornuault, qui commanda l'école jusqu'en 1948, et qui hérita, outre des cadres du fort d'Estrées, d'autres cadres instructeurs de grande valeur venant des unités combattantes contre les forces occupantes allemandes et dont je connaissais certains, puisque en étant issu moi-même. C'est le capitaine de corvette Richard qui prit les rênes de la dure école en 1948 – le capitaine de frégate Grincourt remplaça Richard en 1950.

À l'issue de mon cours de fusilier marin et après avoir obtenu le brevet, je fus admis à faire un stage de commando. Qui venait d'être mis en place, les anciens ayant voulu perpétrer la grande tradition des commandos anglais.

C'est le commandant Kieffer qui est parvenu à décider l'état-major de la Marine à la formation de commandos marine en France. Ainsi, en avril 1946, un ordre officiel réorganisa la spécialité de fusilier marin et demanda la création du stage de commando au Centre Siroco, situé au Cap-Matifou, à l'est d'Alger.

L'officier des équipages Lofi Alexandre (dit Alex), héros du Débarquement en Normandie et ancien officier de l'unité Kieffer Écosse (la *troop*), en dirigeait l'instruction, secondé par des officiers britanniques, le major Franck et le lieutenant Croxton, et de quelques autres gradés béret vert tels que Saërens, Piriou, Guivarc'h, Laffont et autres.

Lors du stage, nous avions un brassard au bras, sur lequel était inscrit un numéro personnel. Nous étions notés par les instructeurs anglais qui se référaient à ce numéro. Ceux-ci ne connaissaient pas notre nom – je ne sais pas s'il en est toujours ainsi aujourd'hui dans les écoles de commandos marine.

Je parlerai un peu plus loin des épreuves physiques de commando : des marches forcées, du parcours du combattant, unique au monde, et de l'ensemble des exercices qui nous étaient imposés pendant le stage pour obtenir le certificat, c'est-à-dire le béret vert.

Mais auparavant, je noterai au passage, pour ce qui me concerne, qu'en plus des épreuves commando déjà très contraignantes, comme je l'ai énoncé plus haut, et sans me soustraire à celles-ci et aux exercices tactiques diurnes et nocturnes, j'avais un entraînement sportif très intense, de haut niveau, pour les championnats interarmées – je m'entraînais à l'époque pour les courses à pied du 800 mètres et du 1 500 mètres, où j'excellais, préparant les championnats interarmées, ce qui m'imposait d'effectuer un entraînement spécifique et rigoureux, en dehors du programme strict du commando.

Je me souviens que pendant que mes camarades se reposaient de leur marche forcée de la matinée, qui se terminait souvent vers 12 h 30, ou du parcours du combattant, je tournais sur la piste du stade du Centre Siroco, avec les « lièvres » choisis qui se relayaient, en plein après-midi, sous un soleil de plomb de plus de 40°.

Lors des grandes compétitions interarmées, je me suis souvent déplacé en métropole et en Afrique, allant à plusieurs reprises à Toulon, au stade Jauréguiberry, où je rencontrais des athlètes d'autres armées françaises de haut niveau, et même étrangers.

J'avoue que cet entraînement d'endurance pouvait avoir un effet positif sur certains exercices de commando, notamment les marches forcées et le parcours du combattant. De ce fait, il faut en convenir, ceux-ci n'ont pas été trop pénibles en ce qui me concerne.

Il faut dire aussi que j'étais armé d'une réelle motivation à l'entraînement, d'une volonté et d'un moral du tonnerre à toute épreuve. J'étais, comme l'on dit, un convaincu. Il est vrai qu'après les affres multiples des épreuves de guerre, la dureté des exercices de commando ne m'incommodait plus, ni physiquement, ni moralement. Et par ailleurs, ce qui n'était pas négligeable, si les efforts très soutenus étaient pénibles, au moins, ici, au Centre Siroco, nous mangions à notre faim et nous dormions au chaud, ce qui n'était pas le cas en temps de guerre où nous dormions dans une tranchée humide et glaciale avec une seule couverture sur le dos en plein hiver 1945 et n'avions à manger dans toute la journée que la seule ration K.

Je fis donc les premiers cours de commando en France, sous les ordres de l'officier des équipages Lofi et des officiers anglais nommés ci-dessus. L'entraînement, comme je l'ai déjà mentionné plus haut, était très dur à l'époque. Sans doute plus poussé qu'aujourd'hui, et pratiqué sous un soleil de plomb avoisinant souvent 40 degrés dans le Djebel.

En fait, pendant ce stage, tout était fait pour tester notre capacité de résistance et de volonté en essayant de nous dégoûter, afin d'éliminer les moins forts et surtout les moins motivés, comme cela se passait en Écosse. Par exemple, il n'était pas rare qu'après une journée exténuante, on nous demandait d'une façon improvisée, après seulement deux à trois heures de sommeil, un exercice de nuit, avec un nombre considérable de kilomètres. Et nous devions être à nouveau le matin, sans défection, pour l'inspection, bien rasés, le pantalon repassé, les souliers cirés, les armes astiquées, la chambre propre et balayée, notre lit fait avec les couvertures pliées au carré, les vêtements correctement disposés dans notre armoire.

Il est bien évident qu'à cette allure, si vous n'avez pas suffisamment de foi, vous remettez rapidement votre tablier et quittez les commandos. Mais personnellement, cela ne m'effrayait pas. J'avais déjà fait le bataillon de marche de Lorient, en temps de guerre, et le 4ᵉ régiment de fusiliers marins en 1944 et 1945. J'étais aguerri.

LES ÉPREUVES COMMANDO AU CENTRE SIROCO

La pratique des diverses épreuves, effectuées à un rythme très accéléré, était infernale. Pour y réussir, il fallait avoir une bonne résistance physique, une grande confiance en soi, une très grande volonté dans l'effort, avec une capacité de réflexion lucide et de décision rapide et sans hésitation dans l'action.

Les marches forcées – Les 11 kilomètres

Nous devions parcourir cette distance en moins d'une heure, avec le sac chargé au complet sur le dos (fusil ou une arme automatique). Le parcours, généralement fait le matin, était effectué au pas de gymnastique. Si vous n'accomplissiez pas la distance dans le temps indiqué, chronométré, vous étiez impitoyablement éliminé.

Il est évident que, quelles que soient les qualités sportives des candidats au béret vert, un grand nombre d'entre eux avaient du mal à surmonter le rythme et défaillaient en cours de route. Heureusement, j'ai toujours effectué allègrement les 11 kilomètres en nettement moins d'une heure.

Je suis même venu souvent en aide aux camarades, en portant leur fusil et leur sac. Ainsi se créait l'esprit de solidarité, la soudure indispensable d'entraide dans le groupe et cet esprit d'équipe qui complétait notre entraînement.

Le saut du camion en marche

Placés dans le fond d'un camion évoluant à quelque 60 km à l'heure, nous prenions notre élan, à un signal donné, pour sauter à terre vers l'avant. Si le saut était correct et effectué sans hésitation, généralement, tout se passait bien. Par contre, dans le cas contraire, vous tombiez brutalement et dangereusement sur le dos, et risquiez des fractures graves de l'épaule, des bras, des vertèbres et même du crâne. En cas d'échec, bien entendu, vous étiez éliminé. Sympa, non ?...

La descente de la Tour d'Alger

On nous donnait un parachute sommaire, et nous sautions de la Tour d'Alger, de 30 mètres de hauteur environ, en ouvrant le parachute – ce n'était pas l'épreuve la plus difficile.

Culture physique

Tous les matins, nous avions une bonne heure de sport. Il ne s'agissait pas, bien entendu, de petits exercices, puisque tout était basé sur l'effort, la résistance et la volonté. Au cours de cette heure, nous faisions tous les sports les plus athlétiques, course de fond, saut, grimpé à la corde, poids et haltères, natation, port de poids, lutte, dans un temps record puisque d'autres exercices nous attendaient ensuite.

La marche de fond (de 30 à 50 kilomètres)

Ici, la résistance physique à l'effort, la confiance en soi, l'hygiène des pieds, la résistance à la chaleur, la volonté étaient très importantes. C'est dans cette épreuve et dans le parcours du combattant qu'il y avait le plus d'abandons.

Sous une chaleur torride, souvent plus de 40°, dans le Djebel, en Afrique du Nord, avec l'équipement complet du commando, nous parcourions de 30 à 50 kilomètres de distance, sans aucune pause. Seule une camionnette aménagée nous escortait pour ramasser les éclopés – et aussi, souvent, les éliminés.

Cette marche forcée, effectuée avec tout le barda, était souvent accomplie dans la matinée. Le départ avait lieu généralement vers 6 heures du matin et se terminait à 12 h 30 – un gradé vous attendait à l'entrée du Centre Siroco, le chrono à la main (un médecin et un infirmier lui tenaient compagnie). Munis de vêtements légers, nous revenions trempés de sueur.

Pendant des heures, nous marchions dans le sable brûlant et la montagne déserte. Certains, parfois les plus athlétiques et malgré l'aide de leurs camarades, se couchaient, épuisés, les pieds en sang, et ne pouvaient plus avancer. Ceux-là étaient automatiquement pris par la camionnette et presque toujours éliminés.

Là encore, je n'ai pas défailli, et j'ai toujours parcouru la distance allègrement. Je n'ai jamais non plus souffert d'ampoules aux pieds. Il est vrai que je m'imposais une prévention très stricte par une hygiène naturelle et rigoureuse des pieds.

Tirs d'entraînement

Nous nous entraînions au fusil mitrailleur, au fusil et à la mitraillette tous les jours, souvent sur cible mouvante, de même que pour le maniement des armes et des grenades dans les exercices de sabotage.

Nous nous entraînions à monter et à démonter les armes les yeux bandés, dans un temps limité pour chaque arme, ce qui nous permettait d'acquérir une connaissance parfaite de celles-ci et de pouvoir nous en servir dans la nuit noire.

Sports de défense

Le close combat et tous les sports de défense – judo, lutte gréco-romaine, boxe – étaient dans notre programme. L'instruction de ces sports était accélérée au maximum, ce qui avait pour conséquence de provoquer certains incidents (en assommant certains camarades par manque d'entraînement).

Les exercices tactiques sur le terrain

Les manœuvres tactiques étaient souvent effectuées la nuit, à la boussole, en accomplissant des attaques et des défenses simulées à tir réel. Il ne fallait pas être trop sensible ; parfois, en effet, nous avions quelques blessés au cours des exercices, au cours desquels des avions nous tiraient dessus en rase motte, avec quelques balles réelles.

Le parcours du combattant du commando marine

C'était l'un des plus durs de toutes les armées du monde. En un temps limité, chronométré, il fallait parcourir une certaine distance, semée d'obstacles les plus difficiles à franchir.

Après avoir dévalé une falaise à pic d'une trentaine de mètres, le candidat au béret vert escaladait une arête de rocher à 10 mètres de hauteur, pour se retrouver sur une petite plate-forme surplombant la mer et une crique.

Avec son arme, le candidat se lançait alors, à plat ventre, sur un bout (cordage) long d'une soixantaine de mètres, tendu horizontalement d'une cime de rocher à une autre, à une douzaine de mètres au-dessus du niveau de la mer et de la roche. Une jambe repliée sous les fesses lui servait à avancer au rythme des tractions de ses bras, tandis qu'il utilisait l'autre jambe ballante dans le vide comme un balancier pour garder l'équilibre et éviter de basculer dans la mer ou sur la roche pointue.

L'exercice nécessitait beaucoup d'équilibre pour hisser son corps, d'abord sur quelques mètres au-dessus du rocher dangereux, puis sur une cinquantaine de mètres au-dessus de la mer. Je me souviens que c'était pénible et très risqué. Nombre de mes camarades se déséquilibraient et tombaient dans les flots avec tout leur barda, risquant des blessures graves. Ils étaient, bien entendu, éliminés.

Une fois parvenu de l'autre côté, le candidat sautait à terre, le fusil à la main, et se recevait sur des galets et des petits rochers pointus. Après avoir escaladé encore un grand pan de mur en éboulis et dévalé une pente le menant cette fois sur une grande carrière, où de nombreux autres obstacles l'attendaient sur sa lancée, et sans perdre une seconde, il grimpait en soufflant bruyamment sur un grand amas de pierres prolongé par une poutre d'équilibre à plus de deux mètres au-dessus du sol.

Après avoir grimpé un échafaudage de bois, il prenait un cordage qui se balançait dans le vide au-dessus d'une fosse, s'élançait, le lâchait pour se recevoir (ou pour retomber) quelques mètres plus loin dans les mailles d'un grand filet tendu sur un portique qu'il devait franchir en souplesse.

Les épreuves suivantes (le pont de singe et la maison brûlée) conduisaient le candidat par un escalier de rondins sur un portique de cinq mètres de hauteur qu'il devait franchir dans la foulée.

Après une réception très dure au sol, il s'attaquait, haletant, en pleine fatigue, à un autre obstacle très difficile à franchir. C'était le fameux mur breton, en béton, très redouté, qu'il fallait agripper d'un bond, après avoir sauté un fossé qui se trouvait à la base. C'est là que butaient beaucoup de candidats au béret vert. La fatigue était telle, après les durs efforts précédents, les muscles si sollicités et ne répondant plus avec la même souplesse, que nombre de camarades avaient le corps qui se plaquait sur la pierre et le ciment. Ils avaient même souvent le visage et la poitrine qui se blessaient contre l'obstacle. Et il fallait encore ramper ensuite sous les barbelés installés sur le parcours.

Enfin, après cet obstacle, le candidat au béret vert courait encore environ deux cents mètres dans la grande carrière et faisait l'ascension d'une falaise, pour enfin arriver, exténué, au pied de l'instructeur, chronomètre à la main, qui pointait les résultats et le temps, en enregistrant le numéro indiqué au brassard porté au bras, pendant tout le stage, pour l'identification de l'intéressé.

Tout essoufflé par l'effort accompli, le candidat devait finir son parcours par un tir, sans trembler, en vidant le chargeur de son arme sur une cible mobile, à une certaine distance. Bien entendu, si les balles n'étaient pas logées convenablement (en clair, si vous aviez raté la cible), vous pouviez être éliminé.

Autres épreuves

Et il y avait aussi les autres marches de fond, les montées à la corde, les exercices multiples effectués à d'autres moments, où l'on prenait sur le parcours un sac de 50 kilos sur le dos pour faire 50 mètres (tout cela chronométré), et, pour finir, les 50 mètres de natation au port du Cap-Matifou, habillé, avec des briques sur le dos.

Inutile de dire qu'après ces trois mois d'entraînement, nous avions bien affermi notre volonté et durci notre corps.

À ce rythme infernal, notre effectif du début avait bien fondu. Si mes souvenirs sont bons, nous n'étions plus qu'une dizaine à ne pas avoir abandonné et à être aptes à recevoir le béret vert, une dizaine dont je faisais partie. J'en étais fier.

Malgré la sueur et l'effort, personnellement, je ne garde que de merveilleux souvenirs de mon séjour et de mon stage de fusilier-commando au Centre Siroco en Algérie.

Un seul incident, heureusement sans suite trop fâcheuse, est arrivé à la fin du stage de commando. L'ensemble de la compagnie a subi une intoxication alimentaire assez sérieuse avec des œufs contaminés. Après un bref passage à l'infirmerie pour beaucoup et un régime sérieux de quelques jours, nous reprîmes notre entraînement. Seuls les plus touchés ont dû être évacués sur l'hôpital Maillot d'Alger, ce qui a pu retarder l'attribution du certificat à certains. Ce genre d'incident regrettable n'était pas rare à l'époque dans les pays d'Afrique.

J'ai donc été certifié commando, à l'issue de mon stage, le 1ᵉʳ novembre 1946, avec mes amis Rizetto, Mestre, Huck, Franco, Fauquembergue, Berger, Berthevas, Droutman, L'Hostis et quelques autres.

Le voyage présidentiel Auriol

Le certificat de commando en poche, je fus désigné sur le cuirassé *Richelieu* (le fleuron de notre Marine française à l'époque) le 1ᵉʳ novembre 1946, jusqu'au 13 mai 1947, sur lequel j'ai effectué tout le voyage présidentiel Brest-Dakar avec le président Auriol et sa suite. Le bâtiment était commandé par le capitaine de vaisseau Gely.

Jacqueline Auriol, belle-fille du président Auriol, l'aviatrice très connue, faisait partie du voyage – elle est décédée il y a peu de temps. Faisant partie de la compagnie de débarquement du *Richelieu*, notre mission principale sur le navire de ligne était bien sûr sa protection à quai, au mouillage sur rade et à la mer. Pour cela, nous maintenions une surveillance constante, en effectuant des patrouilles au mouillage ; une équipe se tenait en alerte en permanence, prête à intervenir.

Nous participions aussi à l'accompagnement de personnalités lors des visites du bâtiment de ligne. Nous effectuions également un service courant à bord et la police du pont, une permanence au bureau des mouvements lorsque le bâtiment était à quai ou à la mer. Les gardes d'honneur étaient constituées exclusivement de fusiliers.

À quai aussi, les activités étaient multiples, le tir, et surtout le sport quotidien et le secourisme. Nous complétions notre formation nautique en faisant de nombreux travaux (entretien des locaux, formation, sécurité), communs à tous les marins embarqués à la mer. Nos occupations étaient nombreuses, nous réglions le service de bord de la journée, la police sur le pont, et toujours des exercices physiques quotidiens.

Chargé de la discipline, il m'arrivait, lors du voyage présidentiel, de dire à Jacqueline Auriol de ne pas tirer sur les oiseaux de mer, les dauphins, les requins et les marsouins – je n'étais pas toujours écouté.

La vie à bord de ce voyage a été très enrichissante. Le séjour nous a non seulement permis de rencontrer, de côtoyer, un personnel de bord de toutes spécialités et de tous horizons, mais surtout de découvrir des mondes inconnus avec la présence du président de la République et de toute sa suite de personnalités ministérielles, journalistes et autres.

Il va de soi que gérer une telle fourmilière de hautes personnalités lors de ce voyage demandait beaucoup de tact et de convenances (règles d'usage), ce n'était pas toujours chose aisée.

Je peux dire que j'ai été très fier de cette première affectation de fusilier marin commando sur le *Richelieu* lors du voyage présidentiel de Brest à Dakar. C'est un souvenir inoubliable.

COMMANDO TRÉPEL

Après ce magnifique voyage sur le cuirassé *Richelieu* (le premier commando embarqué en France), de retour à Brest, je suis désigné au commando Trépel, le 13 mai 1947.

Le commando Trépel fut créé par décision ministérielle le 19 mai 1947 (c'était le premier commando marine en France). Comme vous pouvez le remarquer, j'ai été désigné au commando Trépel avant sa création (6 jours plus tôt). Mais à l'époque, fin de guerre, il ne faut pas s'en étonner.

Je faisais donc partie de ce commando de la première heure, étant l'un des premiers acteurs. Le commando Trépel rassemblait des hommes formés au Centre Siroco, provenant en majorité, au début, du *Jean Bart* et du *Suffren*.

Ces hommes, formés pour les opérations de maintien de l'ordre, de sécurité et de diverses missions tactiques de sûreté, étaient d'une grande compétence. Nous devions réagir rapidement en fonction des situations rencontrées.

Je suis donc au commando Trépel :

- Tunisie : du 13 mai 1947 au 12 février 1948

- Croiseur *Gloire* : du 12 février 1948 au 1er avril 1949

- Arromanches : du 1er avril 1949 au 1er juillet 1949.

Nous avons aussi fait quelques brefs exercices sur un sous-marin au large de Bizerte.

Le commando Trépel, sous les ordres du L.V. Hinden, à partir de septembre 1947, était installé en Baie Ponty, à La Pêcherie – près de Bizerte. À Bizerte, nous faisions beaucoup de sport et des exercices de commandos (marches forcées notamment, mais moins contraignantes qu'au Centre Siroco car nous n'étions pas notés sur les performances effectuées).

Les marches chronométrées étaient de même distance qu'au Centre Siroco, sauf celle d'endurance qui pouvait atteindre plus de 50 kilomètres. L'entraînement était toujours effectué à rude épreuve par des exercices très pointus et d'un barème sévère, comme suit :

- les 8 kilomètres en 45 minutes

- les 12 kilomètres en 70 minutes, en tenue de compagnie, avec le havresac et le fusil

- les 20 kilomètres en 140 minutes

- et, bien entendu, les marches d'endurance de 30 ou 40 kilomètres en tout terrain, parfois plus

- parcours restreint d'obstacles, du combattant mais pas comparable à celui du Centre Siroco et sur des pistes moins adaptées

- natation habituelle : 50 mètres en tenue de campagne en moins de 2 minutes

- tirs de combat et même sur cibles mobiles

- topographie sur le terrain de jour et de nuit , peut-être même ici davantage qu'au Centre Siroco

- exercices de débarquement avec les troupes terrestres

- épreuves spéciales d'initiative, de commandement, de secourisme, de résistance physique et d'instruction maritime.

Si ces exercices étaient moins pénibles physiquement que ceux effectués au Centre Siroco avec les Anglais, ils étaient pratiqués sur un terrain ennemi beaucoup plus risqué, surtout lorsque nous étions appelés au maintien de l'ordre ou dans des missions tactiques de sûreté dans un milieu hostile et inconnu. Nous faisions des opérations d'intervention fréquentes pour séparer les combattants antagonistes. Ainsi, il n'était pas rare d'avoir des accrochages sanglants avec les rebelles.

Il faut rappeler que le commando doit toujours réagir rapidement, en fonction des situations rencontrées. Nous sommes ainsi venus parfois en France faire des exercices tactiques de combat avec nos homologues de l'armée de Terre à Meucon, près de Vannes, avec les parachutistes bérets rouges, à Coëtquidan, avec les élèves officiers de l'école et même dans le Finistère sur les P.C.

Nous avons fait aussi quelques exercices de débarquement sur le navire de guerre l'*Élan* dans le sud-tunisien Djerba-Sfax et Sousse, contre les unités de terre du général Leclerc. Nous étions d'ailleurs en exercice dans le secteur de Djerba lorsque nous apprîmes avec stupéfaction, en 1947, la chute de l'avion du général, qui inspectait les troupes en manœuvre sur le terrain.

Je fis un embarquement de trois mois sur l'*Arromanche* entre le 1ᵉʳ avril et le 1ᵉʳ juillet 1949, avant d'être à nouveau désigné au Centre Siroco pour le stage de cadre spécial (tout nouveau aussi dans la Marine) et fus admis au C.S. fusilier le 1ᵉʳ décembre 1949.

Du Centre Siroco, je suis allé effectuer le cours de moniteur d'éducation physique sportive à Mimizan. J'ai obtenu le certificat de moniteur d'E.P.S. le 15 juillet 1950.

À vrai dire, je ne perdais pas de temps. Après ces cours rapprochés, ma première affectation fut Cuers, puis le croiseur *Jeanne d'Arc* où je rejoignis mon frère Joseph qui y était embarqué depuis un an.

Plus tard, j'ai rejoint les forces maritimes du Rhin à Khel et à Strasbourg.

Et j'ai terminé ma carrière dans la Marine nationale au ministère de la Marine, à Paris, le 1er novembre 1961, où j'ai démissionné après 17 ans et trois mois de service militaire.

Henri ARZ,
Coat Questenn,
Pleuven,
juillet 2001

DOCUMENTS

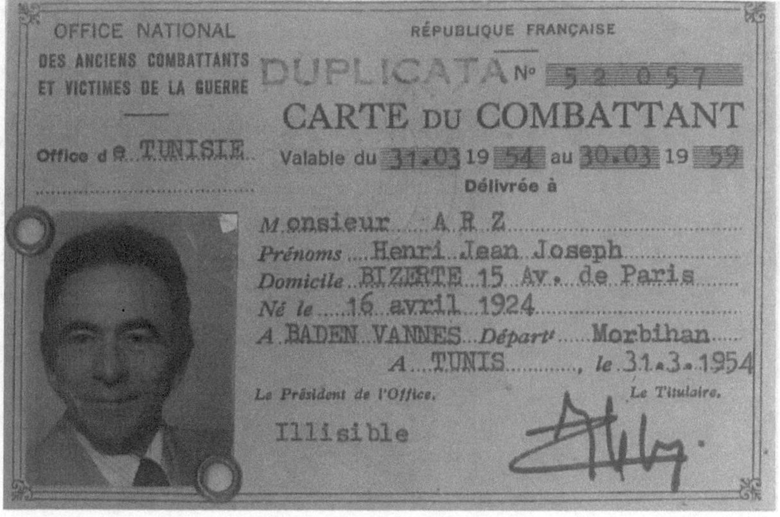

OFFICE NATIONAL
DES ANCIENS COMBATTANTS
ET VICTIMES DE LA GUERRE
Office d'e TUNISIE
RÉPUBLIQUE FRANÇAISE
DUPLICATA N° 5 2 0 5 7
CARTE DU COMBATTANT
Valable du 31.03 19 54 au 30.03 19 59
Délivrée à
Monsieur A R Z
Prénoms Henri Jean Joseph
Domicile BIZERTE 15 Av. de Paris
Né le 16 avril 1924
A BADEN VANNES Départ Morbihan
A TUNIS, le 31.3.1954
Le Président de l'Office.
Le Titulaire.
Illisible

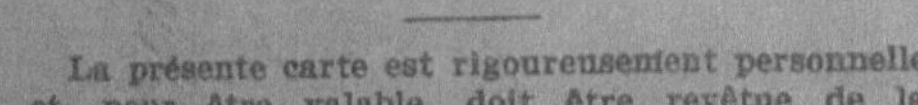

Duplicata délivré le 18 novembre 1980 par le Service Départemental du FINISTERE.

OBSERVATIONS IMPORTANTES

La présente carte est rigoureusement personnelle et, pour être valable, doit être revêtue de la signature du titulaire.

Elle permet, notamment, de recourir à l'aide de l'Office National.

En cas de détérioration de nature à rend difficile la vérification de l'identité, le titulaire intérêt à demander le remplacement de sa carte à l'Office départemental qui l'a établie.

Tout usage abusif ou frauduleux de la carte engage la responsabilité de son titulaire et expose celui-ci aux poursuites de droit commun.

CROIX DU COMBATTANT

Le titulaire de la présente carte est autorisé, conformément aux dispositions du décret du 24 août 1930 (art. 3), à porter les insignes de la Croix du Combattant.

OFFICE NATIONAL
DES ANCIENS COMBATTANTS
ET VICTIMES DE GUERRE
-=-=-=-
DIRECTION DEPARTEMENTALE
DU FINISTERE
Cité Administrative
13, rue de la Palestine
- 29196 QUIMPER Cedex -
-=-=-=-

Tél. : 02-98-55-45-74

12292

BORDEREAU D'ENVOI

à

Monsieur ARZ Henri
15 rue de la Palestine

29000 QUIMPER

Nature des pièces jointes	Nombre	Observations
- Attestation établissant votre qualité de combattant au titre des opérations d'Afrique du Nord..........................	1	Transmise, comme suite à votre demande.

QUIMPER, le 14 Décembre 1998

Le Directeur départemental,

Christian GAY

— AI-184 —

SECTION ADMINISTRATIVE : *Bureau des Décorations*

DÉCISION N° 6. — *Attribution
de la Croix du combattant volontaire de la guerre 1939-1945*

Du 18 mars 1957

LE MINISTRE DE LA DÉFENSE NATIONALE ET DES FORCES ARMÉES,

Sur proposition du Secrétaire d'État aux Forces armées « Marine »,

Vu la loi n° 53-69 du 4 février 1953 relative à la création de la Croix du combattant volontaire de la guerre 1939-1945;

Vu le décret n° 55-1515 du 19 novembre 1955 fixant, en exécution de la loi n° 53-69 du 4 février 1953, les conditions d'attribution de la Croix du combattant volontaire 1939-1945;

Vu l'instruction du 18 janvier 1956, modifiée le 5 décembre 1956, relative à l'application des dispositions du décret n° 55-1515 du 19 novembre 1955 fixant, en exécution de la loi n° 53-69 du 4 février 1953, les conditions d'attribution de la Croix du combattant volontaire 1939-1945,

DÉCIDE :

La Croix du combattant volontaire de la guerre 1939-1945 est attribuée aux personnels de la Marine dont les noms suivent :

Direction du Personnel militaire de la Flotte

MM.

GACHES (Raymond-Louis), lieutenant de vaisseau de réserve, né le 11 janvier 1908 à Marseille (Bouches-du-Rhône).

LACOSTE (Jean-William), ingénieur mécanicien principal de réserve, né le 8 juin 1904 à Bègles (Gironde).

LE GOFF (Albert-Jean), officier de 1ʳᵉ classe de réserve des Équipages de la Flotte, né le 30 août 1901 à Saint-Pierre-Quilbignon (Finistère).

REY (Philippe-Rémy-Charles), enseigne de vaisseau de 1ʳᵉ classe (R), né le 29 octobre 1923 à Paris (14ᵉ).

VOISIN (André-Marcel), ex-enseigne de vaisseau de 1ʳᵉ classe, né le 7 janvier 1903 à Dieppe (Seine-Maritime).

— AI-187 —

Forces maritimes du Rhin

M. ARZ (Henri-Jean-Joseph-Marie), second maître de 1ʳᵉ classe secrétaire militaire, matricule 70 L 44, né le 16 avril 1924 à Baden (Morbihan).

Aviation navale en Méditerranée (Al. Air Med.)

M. WOLFF (Alphonse-Joseph-Antoine), lieutenant de vaisseau, né le 30 janvier 1922 à Volmerange-les-Mines (Moselle).

1ʳᵉ Flottille d'escorteurs d'escadre

M. LE LIBOUX (Robert-Jean), maître électricien d'armes, matricule 373 L 39, né le 21 juin 1923 à Languidic (Morbihan).

Gendarmerie maritime

MM.

GONDRAN (Albert-Achille-Antoine-Marie), officier de gendarmerie maritime principal, né le 9 mai 1912 à Cannes (Alpes-Maritimes).

MARTIN (Lucien-Aloïse), gendarme maritime de 2ᵉ classe, matricule 499 T 36, né le 13 octobre 1919 à Mulhouse (Haut-Rhin).

Marine marchande

M. GONTHIER (Émile), matricule Suez 717, né le 26 mai 1917 à Aigle (Suisse).

Inscription maritime Le Havre

MM.

LE MEUR (Gabriel-Marie), matricule Le Havre 7754 A.D.S.G., né le 17 août 1918 à Damgan (Morbihan).

LUCOT (Edmond), matricule Le Havre 3253 H.S., né le 17 mars 1892 à Septmants (Aisne).

PELLERIN (Raymond-Auguste-Georges), matricule Fécamp 15102, né le 5 juillet 1915 à Saint-Sylvain (Seine-Maritime).

Inscription maritime Nantes

M. TIRILLY (Pierre-Marie), matricule Guilvinec 12270 (2303 B 35), né le 4 août 1915 à Plomeur (Finistère).

MINISTÈRE DE LA DÉFENSE

Secrétariat d'État aux
Anciens Combattants

**Direction des
Statuts, des Pensions
et de la Réinsertion Sociale**

**Sous-Direction
des Statuts et des
Pensions**

**Bureau
des Titres et Statuts**

B.P. 552
14037 CAEN CEDEX

Tél : 02.31.38.45.24
Télécopie: 02.31.38.45.84

Caen, le 25 Novembre 1998

DECISION MINISTERIELLE

Opérations d'Afrique du Nord
(01.01.1952 au 02.07.1962)

Décision n° 76389 AFN / M.B.

LE SECRÉTAIRE D'ÉTAT AUX ANCIENS COMBATTANTS,

Vu le Code des Pensions Militaires d'Invalidité et des Victimes de la Guerre et, notamment, les articles L.253, L.253 bis, L.254, R.223 à R.235, A.115 à A.142, et plus spécialement les articles R.227, R.227 bis et R.227 quater.

Vu la demande présentée par l'intéressé,

Vu l'avis de la Commission Nationale de la Carte du Combattant,

DECIDE

La qualité de combattant est reconnue à :

Monsieur Henri ARZ - né le 16 Avril 1924
Département : Finistère

P/ Le Secrétaire d'Etat et par délégation
Le Directeur des Statuts, des Pensions
et de la Réinsertion Sociale
P/ Le Directeur empêché et par délégation
Le Sous-Directeur des Statuts et des Pensions

Y. LE GALL

37, rue de Bellechasse 75700 PARIS 07 SP - Tél. : 01 44 42 10 00

RÉPUBLIQUE FRANÇAISE

MINISTÈRE DE LA DÉEENSE NATIONALE
ET DES FORCES ARMÉES

SECRÉTARIAT D'ETAT
AUX FORCES ARMÉES (MARINE)

SECTION ADMINISTRATIVE

BUREAU DES DÉCORATIONS

Loi du 4 février 1953 (J. O. du 5 février 1953)

N° d'inscription

463

CROIX
DU COMBATTANT VOLONTAIRE
1939-1945

Par décision n° 6 en date du 18 mars 1957

le droit au port de la Croix du Combattant Volontaire a été reconnu à

M onsieur A R Z Henri, Jean, Joseph, Marie

Second-maître de 1ère classe secrétaire militaire — matricule 70 L 44
né le 16 avril 1924 à BADEN (Morbihan)

A Paris, le 21 mars 1957

Le Ministre de la Défense Nationale
et des Forces Armées

M. BOURGES-MAUNOURY

POUR AMPLIATION

Le Commissaire Principal de SAINT-STEBAN
Chef du Groupe Études - Travaux Législatifs - Décorations

S.P. 51.019, le 25 Février 1957.

MARINE NATIONALE
-=-=-=-=-=-=-=-=
FORCES MARITIMES
DU RHIN
-=-=-=-=-=-=-=-=
ETAT-MAJOR
-=-=-=-=-=-=-=-=

A-) T T E S T A T I O N
****

REFERENCE : Décret n° 46-1217 du 21 Mai 1946 notifié par l'Instruction n° 380 CAB/CM/MAR/DECO du 26 Juillet 1946.

-= o =-

Je soussigné   Le Capitaine de Frégate MAUVIOT
                        Chef d'Etat-Major
                des Forces Maritimes du Rhin
certifie que le Second-Maitre de 1° cl. Secrétaire ARZ Henri

matricule 70 L 44 est autorisé au port de la "MEDAILLE COMME-

MORATIVE FRANCAISE DE LA GUERRE 1939-1945 avec agrafe "LIBERATION".

1957   **N° XII**   8 avril

BULLETIN OFFICIEL DE LA MARINE NATIONALE

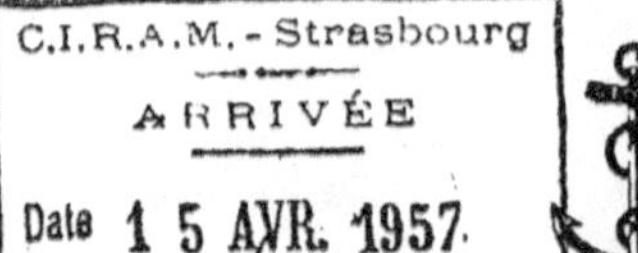

AVIS ET INFORMATIONS

Certains textes à diffuser largement, mais ne présentant pas de caractère permanent, seront insérés dans des fascicules spéciaux sous la présente rubrique et avec une pagination séparée.

Ces fascicules ne devront donc pas être reliés avec les fascicules ordinaires du *Bulletin officiel chronologique*.

TABLE DES MATIÈRES

Enregistré sous le N° : 29.......18704............
Pour le Préfet et par délégation
le Directeur Départemental de l'Office National des
Anciens Combattants et Victimes de Guerre
A QUIMPER, le   **6 SEP. 1994**

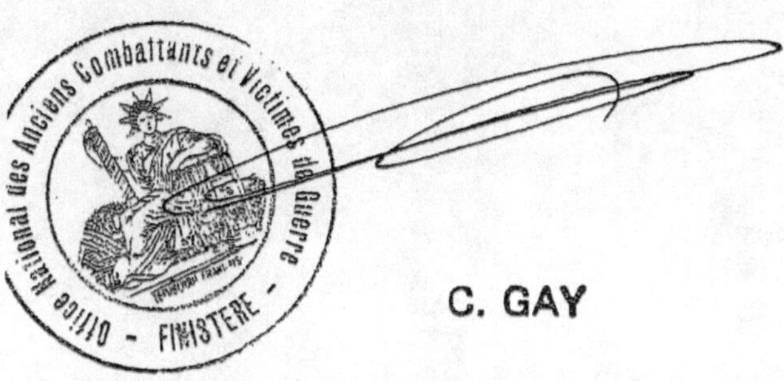

C. GAY

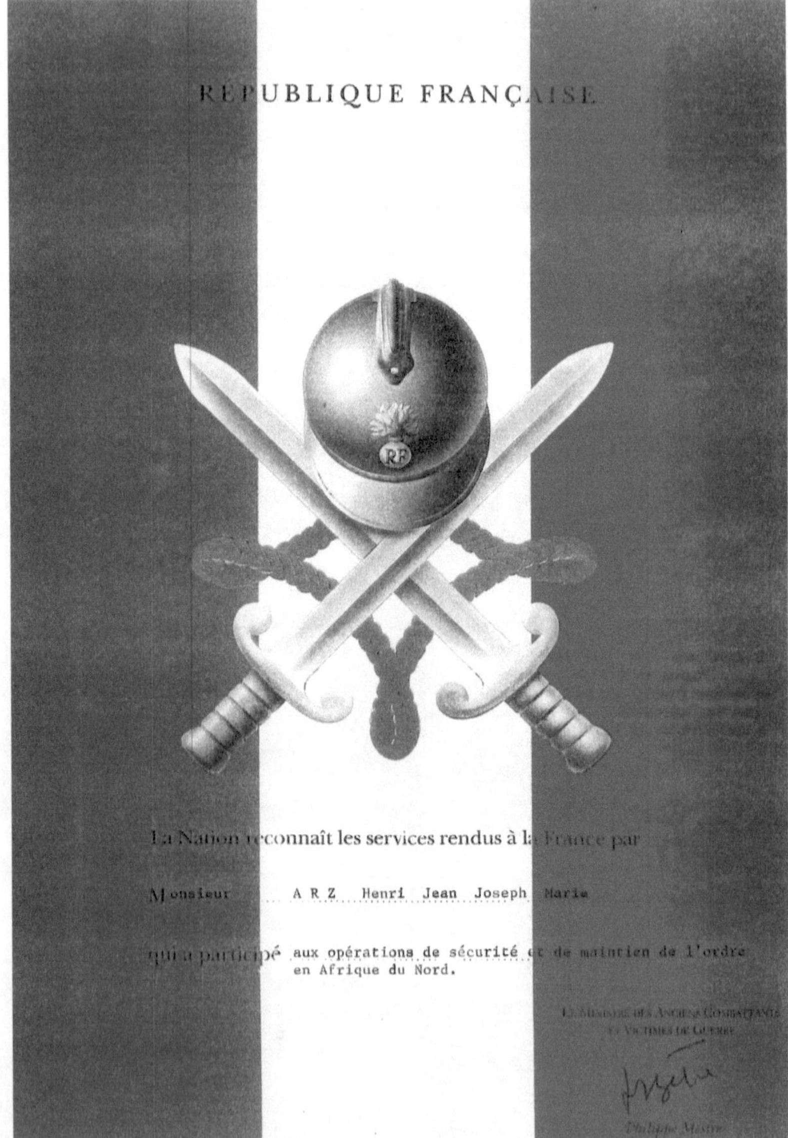
RÉPUBLIQUE FRANÇAISE

RF

La Nation reconnaît les services rendus à la France par

Monsieur   A R Z   Henri Jean Joseph Marie

qui a participé aux opérations de sécurité et de maintien de l'ordre
en Afrique du Nord.

LE MINISTRE DES ANCIENS COMBATTANTS
ET VICTIMES DE GUERRE

Philippe Mestre

TABLE DES MATIÈRES

Achevé d'imprimer en septembre 2019

Les Éditions de l'Œil du Sphinx
36.42 rue de la Villette
75019 Paris
Tél 09.75.32.33.55
Fax 01.42.01.05.38
Port 06.11.72.38.06
Email ods@oeildusphinx.com
Web www.oeildusphinx.com